그대 자리 비워둔 곳

그대 자리 비워둔 곳

김영희 시집

토담미디어

김영희 시인은 경남 합천에서 태어났다. 그동안 붓글씨를 썼고 여행을 좋아해 여러나라의 낯선 풍물과 역사를 경험했다. 詩는 열여덟에도 스물일곱에도 하던 일이라 낯설지는 않으나 뒤늦게 다시 시작하려니 쑥스럽다. 현재 경기도 군포시에 24년간 머물며 시를 쓰고 있다. '늘푸른시심회' 회원. mwer5259@daum.net

이 도서의 국립중앙도서관 출판예정도서목록(CIP)은 서지정보유통지원시스템 홈페이지 (http://seoji.nl.go.kr)와 국가자료종합목록시스템(http://www.nl.go.kr/kolisnet)에서 이용하실 수 있습니다. (CIP제어번호 : CIP2019018124)

꿈에도
염❀에도
지르지 못해
마음으로 하는 말.

슬픔조차
아름답게 남긴
속살
여기, 조금
…

차례

책머리에 · 005

1부
외로움 · 013
늙은 희망 · 014
어느 봄날 · 016
粥 · 018
늦바람 · 019
메주 · 020
첫눈 · 021
백사장 · 022
봄 · 023
게 · 024
늦깎이 · 025
나의 줄장미 · 026
도시의 봄 · 027
제주 감귤 · 028
허무 · 030
시커머케 · 032
無想 · 034
제기 · 035
장기將棋 · 036
봄날은 간다 · 037
밤하늘 · 038
무지개 · 039
16살 · 040

추억 · 042

광화문돈가스 · 043

미움 1 · 044

미움 2 · 045

풀여치 · 046

기다림 · 047

친구 · 048

생각 · 050

당랑거철 · 051

입춘 · 052

2부

노을 · 057

엄마 · 058

매미 · 059

Me in me내 속의 나 · 060

이놈 모기야 · 062

2019년 3월 10일 즈음 · 064

살이 · 065

커피 · 066

꽃도둑 · 068

토요일 아침 · 070

겨울풍경 · 072

유혹 · 074

가기도 오기도 · 076

탁발승 · 078

여름 이후 · 080

변하지 않는 · 081

여행 1 · 082

여행 2 · 084

감꽃목걸이 · 085

글 · 086

말 · 087

배웅 · 088

나의 소확행 · 090

폭포 · 091

아름다운 구속 · 092

3부

울고 싶다 · 097

뜨거운 茶 · 098

춘분 · 100

白露 · 101

생명 · 102

나이아가라폭포 · 104

부칠 수 없는 편지 · 106

무제 · 107

성소피아성당 · 108

구름 · 110

아프다는데 · 112

가을 밤 · 113

홍시 · 114

오수부동五獸不動 · 115

구십춘광九十春光 · 116

연잎 하나 · 118

강아지 · 119

시인의 산문

손주와 걷는 바닷길 · 120

돼지띠 · 122

몬트리올까지 · 124

카네이션장미 · 126

젊은 버킷리스트 · 128

시간을 사(買)면서 · 131

해설

일상의 삶에서 숙성시켜 온 꿈의 시편들_박현태 · 134

후기 · 143

1부

외로움

들릴 듯 말 듯 먼 겨울새 소리
티 나지 않게 왔다 갔다.
글 몇 자로 채울 수 없는
덤의 시공 속으로
너의 사치에 멍든 내 속
쪽팔리기 싫어
빼떼기가 됐다.
넌 내 안의 나무꾼이더라.
좋은 사람 나쁜 년은
겸상에 가끔씩 몽니도 부리며
기왕이면
너랑 왕궁에서 놀고 싶었다.
단단하게 만들었지만
흉터도 남긴
외로운
힘의 풍경소리.

늙은 희망

해진 상처는
검은 밤에도
하얀 시를 쓴다.

여름이 놀다 간
초록자리에
가을도 모자라
흰 얼룩 남기고.

넋 놓고 바라본
손 잡아줄 네가
강의 끝처럼 멀구나.

바닥이 타버릴
떨리는 침묵에서
건져야 할 불씨.

오늘은

하늘이 야구공처럼 보일

멋진 저녁으로 충전한다.

어느 봄날

벚꽃 그늘 아래 봄 들을 본다.
코끼리 엉덩이 꽃덩어리
흔들~ 흔들~ 무거운 가지
바람이 받쳐주고.

호숫가를 걷는 상춘객
古都에 서린 섬뜩한 고요
머뭇거리며 다가서는
세상의 소음들.

온몸으로 땅바닥 데우며
기름진 멜로디 비발디 사계
드는 줄 모르고 드는 10분
꿈꾸듯 졸음에서 깬다.

날 저무는 보문단지
산도 물도 절간도

손 흔드는 慶州 金家

18시 서울행 경주역으로.

粥

거친 겉보리와
배추 이파리 헤엄친다.
물보다 조금 더
끈적거리는
粥을 마신다.
보릿고개 넘길 봄에
끼니마다 손부끄러운
어머니
그마저 당신 몫은 없다.
허기진 통증
어린 시절 철들고
딛고 일어선 눈물은
늙어도 푸르다.
잘 살아야 한다고…

늦바람

늦가을 끼니보다 빠른
세상의 지붕 아래
어리석은 여인
먹을 콩으로 알고 간다.

깊게 패인 큰 눈으로
꿈 깬 나룻배
키만 한 갈대숲 저어갈 때
날 바라보며
물 위에 적은
눅눅하고 찰진 희망 하나.

외갓집 들어가듯
잔디밭 뱃길로 배웅하네.

메주

가시는 생명 주고
늪을 헤쳐 간다.
나는 있는 듯 없어도
물살에 거칠게 떠밀려가며
흔들리는 행복.

가볍거나 무거운 것들을 찾아
맨발로 떠난 여행.
고독도 그리운 사랑도
나의 사촌이다.

다 닳은 몸뚱어리가 엎드린
짚 깔린 황토방.
나는
말라비틀어진 메주덩어리다.

첫눈

첫눈 내리는 소리
호강하듯
속눈썹 위에 사라진다.

바다내음처럼
허공에 퍼지며
국 끓이다 간 보듯
왔다 갔다 한다.

이슬비 같이
눈에만 들리게
첫눈이 온다.

백사장

부딪치는 뜨거움 마시고
주거니 받거니
내숭떨던 찐한 여자
백사장에 자빠져
널뛰기한다.

푸른 힘줄 기어가는
욕망의 그릇
화살 눈빛 하나로
불 지피는 달무리 아래
누군가 사라지는 소리

타고 남은 깃털
물 위를 구르듯 잠들고
그릇에 안긴 술이
서서히 바다로 간다.

봄

나비 등에 올라

연두 산 속 비행한다.

키 큰 나무

새침때기 골에 빠졌다.

나목에 걸려 찢어진 날개

소나기 피할 처마도 없이

아찔했던 어제를 돌아본다.

드문드문

잎 다문 꽃 찾아

슬픈 젖동냥하던 시절

그냥 가더니

입 맞추고 싶은 여름

이리 서둘러 왔냐고

성화다.

게

바닷가 맑은 물
태권V 게 다리
잠재운 모래톱.

남대문시장 꽃게
꽃처럼 피었다.
배춧잎 한 장
누런 봉지에 네 마리.

지하 팬티가게
돈 안 나오고
손가락 물렸다.
놔라! 놔!

아랑곳없이
게거품 물고 버둥거린다.
아! 너 게지…

늦깎이

황혼 어스름에

날아오르는 부엉이

현재는 과거에 놓고

미래를 담아

박꽃이라도 피우자.

늙은 말 콩 좋아해도

박정薄情한 세상

내 꼬리 내가 물고

늦저녁 걱정.

나의 줄장미

밤낮으로 자라 울타리 넘은
줄장미처럼 궁금한 세상.

꽃도 넘는데
키 작고 못난 나는
더 담 넘고 싶다.

소주 한 잔에 시계 돌려놓고
달력 몇 장 넘기며
예전의 나로 가려 한다.

진흙밭 발자국
고인 빗물 속 파란 하늘도
어디론가 흘러간다.

도시의 봄

눈 비비며

아주 아주 느리게

온몸으로

걸어나오는 傳言.

싸늘한 도시의 빛과 열

더는 얼지 않겠노라

두 눈으로 쏟아내는

불꽃 마음.

제주 감귤

얇은 비닐주머니
장갑 끼다 찢어져
열 개도 못 담고 흐른다.
바지주머니에 넣다가
에라! 먹어버리자.
한 열 개 뚝딱

농장 아재 손자가 다가와서
여러분 많이 따세요.
네 살이고 영식이에요.
이제 묻지 않아도 말해요.

바라보니 겨울 바닷가 농장
땅에 닿도록 늘어진
가지에 매달려 껍질 말라가는 밀감.

혼자 돌아다니는 영식이

바지가 내려와 발목에 걸렸다.

한라산 바람에 볼기짝이 빨갛다.

올라붙은 고추가 쪼글쪼글하다.

가위 내려놓고 바지 올려주며

만발했던 상고대

얼음의 등을 타고 놀던

내 붉은 볼이 너무 부끄럽다.

허무

주름진 얼굴 여드름이 돋기에
발버둥 쳐 한 수 물렀더니
이(齒)가 시끄럽다.

잦은 봄비에 찢어진 날개
물고 있는 맨드라미가 소태맛이다.
앉았다 섰다 같이 울었다.

저고리 깃 세우며
가을 인사하려는데
먼저 손 내민 겨울
자기가 동행이란다.

연산홍 꽃잎
철모르고 달아오르고
한심한 녀석
밑바닥 떨어지는 소리.

눈 뒤집어쓴 나무가

버둥거리고 있다.

시커머케

이거 니끼가?
어!

내 쪼께 가가도 되제?
어, 씨꺼 무그라.

우째 씨꺼야 되노?
나무이파리 우다 노코
내리오는 거 마시고…
그라고 나서
그래도 이써며는
니 코 다까라.

내 코는 와?
그기 머꼬?
시커머타

그래서 머꼬?

누니다.

無想

오두막 마당을 쓴
아낙네가
머리를 빗네.

耳目의 도적들이
갈대랑 논다.

공들인 화단
흥興하고 쇠衰한다.

내 마음 비우니
호수에 기러기 들고
나무숲 바람도 지나간다.

평상에 세월이 앉아
잠시 쉬어가라 한다.

제기

80년 제대한 껑다리
엽전 구멍
갈래갈래 흰 종이 찢어
동분서주 낯선 곳
막걸리 마신 흰 수염.

걷어 올린 바지
눈물처럼 흘러
도랑 친 농부
친구하자네.

아직 어질어질한 머리
바닥 빌린 아무개의 절규.

제기 차자고
누가 提起했어?
제기랄!

장기 將棋

卒 앞세우고 馬 나간다
굽소리 반한 이파리
象 꼬리 꼬신다.
우산 펼친 귓등에
성큼성큼 꺾어 세 발.

女人 치맛자락 펄럭인다.
뽀얀 살色 먹길 따라
비밀처럼 두려운 황홀
석류알 보석.

때 묻은 회색 가죽
하얀 상아 만지고 싶어
車 타고 달린다.
馬 잡고 將 받으시오.
將이오!

봄날은 간다

소곤거리며 오는 봄

맨발로 맞으면

인 듯 아닌 듯 수줍은 교태.

무지개 연인 같은

그리움으로

사랑고백 말고 바라만 보자.

꽃술로 얽혀

출렁이는 도시

파도쳐도 그저 바라만 보자.

짧은 봄날

데킬라 한 잔에

신록 걷어차고

숲의 요정에게로…

밤하늘

잠잘 녘
은혜 같은 하얀 별빛
속눈썹 사이로 스며들어
잠든 눈 뜨게 한다.

눈에 귀를 보태
달을 읽다가
흔들리는 빛에
몸을 적신다.

가는 듯 선 듯
그냥 있는 하늘에
붙일 수 없는
여기저기 널린 꿈.

무지개

비 그친 오후
일곱 빛깔로 우뚝 선
타고 남은 재.

울고 난 자리에
실 같은 길
보이다 마는 상징.

빠르게 낚아채
애무하며
마음에 채색한다.

애오라지
너를 만나
상처 덮고 간다.

· 애오라지 : 마음에 부족하나 겨우, 넉넉하지 못하나 좀…

16살

경인선 타고
제물포 가던 날
부평 백마장 들판
얼어붙은 논바닥
휘날리는 만국기.

긴 날이 번쩍이는
서울 지집아 머스마들
미끄러지는 스케이트
듣도 보도 못 한 부산 가스나
처음 보는 기찬 풍경.

바라만 봐도 색다른 서울역
시내버스 의젓해 보여
아는 데 없어도 아무 거나 탔다.
종각 파고다… 귀동냥 기억 나 내렸다.
코트 없는 부산 학생은

허기 보다 추위가 앞섰다.

어찌어찌 물어

노고산동에 내린다.

어둠 깔리는 거리에

엄마 얼굴 떠올리며

오빠 집에 놀러 온

중3 겨울방학.

추억

버려지지 않고
남겨진 흔적
게처럼 물고 몸을 더듬는다.

그만 내려오길 기다리는
갈대 속마음
일흔 넘긴 무거운 배낭.

가을이 아무리 깊어도
집보다 길이 좋아
언덕으로 마냥 걷는다.

주머니 속 아침 이슬
언제 갈지 모르는
매운탕 집만 그립다.

광화문 돈가스

시골 여자 셋이 광화문 간다.

피아노 리사이틀 보러 간다.

신길이 신도림되고

졸다가 종로3가

광화문 63빌딩 찾다가 웃음 바가지.

아점 먹은 에너지에

뱃가죽을 빌려줬다.

폭 넓은 터치, 스파이더 손끝에

허기 아랑곳없이 만석꾼 됐다.

수다스런 이른 저녁

썰어놓은 돈가스 조각

피아노 건반으로 다가온다.

소스쳐서 찍었다.

꿀꿀

튀겨서 다시 살아난 수선화.

미움 1

산다는 것이 버거운 날
쳐진 어깨
눈물의 메아리가
마음에 굴러다니네.

볼수록 가관
자갈 같은 상처 남긴
사랑의 허물들
처음그대로 바라본다.

몇 날 몇 밤 추스르고
퍼렇게 멍든
고요가 다가선다.

타고 남은 재라도 거두어
비 오는 하늘 날 수 있는
이별연습하곤 한다.

미움 2

멈춘 모래시계
엉킨 그림자 동통 속으로

촛불 켜지 못해
쭉정이로 남았다.

골병들 것 같은
어려운 말씀
인내라는 것.

푸른 바다는 어디에 사는지
새는 비 오는 날에도 나는지
김 안 나는 숭늉이 뜨겁다.

풀여치

어디서 왔는지
한 마리 풀여치가
초록 날개 접고
내 옷에 앉아
함께 걷는다.

물결 같은 바람 속
건너야 할 다리 위에서
부동의 자세
함께 숨쉬며…

고요하고 아름다운 동행
강 건너 숲 그늘
이슬 같은 물길 찾아
둔치를 걷는다.

기다림

다시 올 거라고
그대 자리 비워둔 곳
고독이 마셔버린
술병만 가득하다.

앉은 자리 비 오시면
그대로 젖어 가슴에 뜰
별 하나 찾아
아파하는 숲으로 간다.

눈부시게 보내버린
오래오래 그리운 흔적 하나
그림자처럼 희미한
바지저고리만 보인다.

친구

새벽잠 깨기 싫어도
해장국 한 그릇에
염천의 안부 물어가며
개미 잠자리 그곳에 간다.

좀 슬지 말자.
천 원짜리 한 장 치열하다.
중독된 아편처럼
도토리 키 잰다.

넓은 아틀리에
패티큐어한 발바닥
폭염 아래 걷고 또 걸어
첫 키스처럼 부르튼다.

소비한 에너지 빈자리
허기가 들어차

여주 쌀밥 백암 순대

넷이서 5인분 뚝딱한다.

생각

내 마음
너무 들켜버려서

널 알았던 날들
어느새
가슴에
눈물 심는다.

당랑거철

덜컹거리는 돌길
자갈 깨며 넘어가는
수레바퀴

가시 돋친 앞발 높이 들고
단호하게
비켜가라 하네.

"나 지금 사랑해야 돼!"
염천 자갈길
임 만난 암사마귀.

입춘

야윈 가지에
달아오른 꽃망울
얼음 품은 입춘
벙어리 산이
재 넘어 오라 하네.

꼭꼭 숨겨놓았던 기지개 켜면
하늘, 땅, 햇살, 바람
바위도 몸 낮추네.
치마 내리고 듣는
해빙의 소리.

저만치서 어른거리는
겨울 속 봄여울
연분홍 매니큐어 입히고
앙증맞은
미니스커트로 마중하네.

2부

노을

해가 바다로 빠진다.
섬의 옆구리 시리다.
동백길 열리면 슬픔이 언다.

마티니 잔에 올라앉은 올리브.
먹어도 늘 허기진 청춘.
동짓날 해지듯 가는 시간.

혼신으로 살던 삶
노을이 아름다워 주춤주춤.
자꾸만 헛딛는 발길.

엄마

아무리 늙어도
들으면 언제나
반가운 엄마.

큰아들 늘 "어―엄마"
굵디굵은 저음 "엄마―"는 둘째
가르친 적 없으니 선생님 아니요
노래 잘 하지 못하니 가수 아니고
운전 잘 해도 돈벌이는 안 했다.

아들 둘 낳아
확실한 "어―엄마", "엄마―".
퇴색되는 추억을 적는 할매
"엄마―!!"

매미

소쩍새 우는 여름밤이네요.
  새벽 잠 깨우는
  매미도 우네요.
  애벌레 3년
   일주일 한 달 살기.
   지지리도 보채며
   울어대더니
   유리창 하늘에
  박치기하네요.
  잘 차린 밥상
  나그네 주고
  스키 타고 내려와
 놀이터에 쉬고 있는
그네에 앉았네요.

Me in me내 속의 나

돌멩이 수제비에
하늘 빛, 나뭇잎
일그러져 흐른다.

나도
접시로 물을 떠서
마음은 보리밭
구들장 훔친 육신
모질게 헤집어라.

불타는 고리 넘기는
먹이 아닌
신념으로
사자獅子는 간다.

지구 돌고 돌아
딴지 걸어도

너와 나는

거기까지

미욱한 작은 거인

자화상

거울 앞에 놓아도

네가

그립다.

이놈 모기야

주둥이로 수놓아
화끈한 문신을 새겨준다.

마이산 이룬 돌탑
캠핑 끝난 내 종아리
미처 못 피하고
소울음 운다.

삶의 강나루
마를 날 없다.

수박 씨발라 먹을 것이지
채혈은 왜?

너는 앵~
지나갈 뿐인데

치열하지 않은

어두운 공포가 엄습하고 있다.

2019년 3월 10일 즈음

맑은 얼음장 아래
새끼 붕어 뽀글뽀글.

동글동글
봄비가 연주하는
풍금소리 들리네.

절에 가는 길
개울 업은 작은 폭포.
이끼에 엉킨 얼음
주렁주렁 매달고 서 있네.

살이

내 어깨 네 옆에
시간보시 다독이네.

보자기 쓴
조팝나무 개십살이.

시간이란 금을 그어도
따로 또 같은 머슴살이.

제 풀로 맺고
푼 것 없는 처가살이.

뉘 집 부엌인들
불 때면 연기 없으랴.

커피

동맥으로 파고들어
언제나 두근두근.
다치지 않게 밀어주는
향기 나는 사발.

시커먼 고요
꾸다 만 꿈.
국어공부 생략
異口同聲.

기우는 해 달 품고
불붙는 密愛.
세상을 드러내는
멈추어진 조바심.

잠시 마음 빼앗긴
아름다운 독毒.

달고 쓰고 차고 뜨거운

有限快樂.

꽃도둑

산 중턱
교회 가는 길.
허름한 담 넘어
고개 내민 노란 장미.

집으로 오는 밤길
당긴 가지 꺾으며
숨이 멎을 듯
향기 빨아들인다.

길게 따라 온
푸른 껍질 다듬고
밥그릇에 꽂아
책상 위에 올린다.

잠은 베개 옆에 두고
초롱초롱 바라본다.

아침 밥 차리던 엄마
막내딸 밥그릇 찾는다.

국그릇에 밥 먹어도
마냥 좋았다.
상큼한 유리병에
활짝 필 듯 싱싱하다.

신발 한 쪽 팽개치듯
헐레벌떡 들어온 딸내미.
"엄마, 내 꽃!
물 갈아줬네요."

토요일 아침

무거운 눈꺼풀
알 수 없는 느낌이
밀어 올린다.
시나브로
바랜 천정엔
빛의 라이브Live.

궁금해 눈 키우는 순간
무단 침입한 햇살
책상 유리 위에
잠시 쉬고 있다.
튕겨낸 빛이 천정에서
흑백 영화 찍는다.

배고파 오르내리는 새
보이다 말고
자동이다.

잠도 구름도 떠난

토요일 아침

자연의 퍼포먼스.

겨울풍경

큰 눈 멈춘 마당
빛나는 눈꽃 피고
플랫폼 열차 미끄러지듯
눈이 달리네.

반쯤 숨겨진 다리
햇살에 초라해지는 눈
빈들에 뿌리내린 억새 가족
바람이 다리를 이고
강을 건너네.

○○지 뼛조각
날짐승 깃털 부르트 ○○,
인간의 뒤꿈치 줄서고
고집스러운 江은
동안거 수도승되네.

눈 천지 논둑에

이골 난 상처의 겨울새

까닭 없이 바닥을 쪼아대며

가는 발로 눈 녹이고 있네.

유혹

市價 보고 놀라
자빠질 저녁
고래 한 마리만큼
줄행랑쳤다.

헐렁한 시장 2층
상추 위에
겨울 방어 얹어
소주 따르던 너.

워커힐 숲 사이
은총 같은
숨결 세레나데
현 따라 손짓 뜨겁다.

이제 찾는 이 없어
어둠에 묻힌

몸 중 가장 화려했던
또 하나의 지구.

궁궐 내려놓고
기념식 없어도
위풍당당한 역사.

가기도 오기도

구름 섞인 햇살
새벽부터 울던 매미
입맛 떨어져 멈춘다.

구파발 고추잠자리가
들락날락
만장 들고 설친다.

쑥뜸 냄새
다리 부러진 모기
살 같은 연기를 탄식한다.

퍼 올린 우물물
초록처럼 차갑고
태풍 업은 이파리
Vivace 오선지 위에 논다.

말문 닫은 여름

빨주노초파남보 두고

타다 만 갈색 풍경 온다.

· Vivace : 음악용어 '매우 빠르게'

탁발승

지하철 출입구 앞
누런 박스 위
목에 건 염주알
자르르 깔린다.

흐르는 목탁소리
사르락 눈 내리는 오후
오가는 이 무심해도
자비지심 탁발이다.

풍색 소매 끝에 날리는
메마른 체구
지갑 열어
득도 기원 합장.

국밥 한 그릇에
생각 한 그릇

求道의 길이란

초가집 지붕 같다.

여름 이후

햇살 머리에 인
강줄기 건너
광야를 지나
떠날 준비한다.

끈적거리던 여름
첫눈이야기로
봉숭아 물 들이며
밤새 뒤척이던 날.

손톱 감싼 이파리
귀뚜라미 데려다 놓고
꽃물 든 손가락 사이로 달아난다.

시끌벅적 비 내리는 날
조용히 창문 닫아주고
그대 홀연히 떠났다.

변하지 않는

간밤 이사 온 생새우
안개 짙은 새벽
바닷물 탈출하나 했더니
날갯짓하는 소금옷 입고
염천을 보내야 하네.

배고픈 햇살이 덥다 하시네.
양지쪽 김밥 너 먹고
그늘 달라시네.
흩어진 구름 모아 올려
노을빛 뒤로 말없이 떨어지네.

시간 지켜 찾아온 파도에
따귀 맞아 억울한 섬바위
썰물에 보자기 까는 아가씨
시원타 퍼질러 앉아
엉덩이로 달래네.

여행 1

코타키나발루 동굴 속
휘이익~ 뱃사공의 휘파람
어둠 뚫고 수천수만 반딧불이가
보석처럼 날아오른다.
내 손등에 앉은 몇 마리
큰 행운이란다.

환상의 체험
채워진 소쿠리 옆에
넘친
껍질 같은 허무
밤은 無上하나
마음은 無想하지 않다.

늘어가는 기억.
갖고 버려야 할
인간의 유희

몸이 다할 때 또 다른 횡성으로

그 하늘은 어때?

질문하며…

여행 2

나무로 만든 집
벌레 잡으려
한 달간 집을 싼다.

감자 품은 흙 속에 두발 묻고
진물 나게 다녀와도
또 가고 싶다.

볕 잘 드는 나른한 오후
아무 것도 하지 않고 아무도 없는
오늘을 탐닉한다.

흙도 나무도
꿈에 본 현금
끓는 국 맛 몰라
애꿎은 소금만 넣는다.

감꽃목걸이

실에 꿴 감꽃
목에 걸고
귀에 걸린 입.
새 고무신 닳을까
얌전히 벗어놓고
맨발로 폴짝폴짝.

가슴에 실(絲)만 남아
어둠 깔린 저녁
흙먼지 감꽃 물고
고무신 품에 안은 채
걸음아 나를 살려라
젖꼭지 만질 엄마 곁으로.

글

말이 증발한
헛헛한 가슴
침묵으로 잠수한다.

찢어진 비닐우산 쓰고
석가탑 돌며
진정한 말을 찾는다.

주린 배 초췌해도
영혼의 눈을 떠야 하는
청개구리 움친다.

따귀 때리면서라도
고독을 주워 모아
내 정직한 옷고름 푼다.

말

자른 머리 예쁘다며
커피 한 잔 오고
하기 쉬운 말보다 듣기 쉽게
발 달린 험담
앞에서 못할 소리라면
뒤에서도 말아라.

때로 알면서 속아주고
넘겨짚지도 말고
사랑의 이름이라도
용서 안 되는 잔소리.

쓴 소리 달고 낮게 포장
진짜 비밀 있다면
차라리 개에게 털고
말에 달린 책임의 추
놓치지 말고 간직하자.

배웅

담 넘어 지붕으로
뜨거움에 시달려
핏줄처럼 피는 줄장미.

마른번개 머―얼리
의자에 추억 신고
간이역 스쳐간다.

쏟아지는 빗줄기
귀중한 울음 바치고
시시한 길바닥으로.

터벅터벅 가는 길
배웅해주는
그림 보다 고운 달.

높은 구름 가려도

어느새 떠오른 샛별

의젓한 본처本妻만 같다.

나의 소확행

살짝 언 표고버섯
흰떡에 쌀국수 사리
해물육수 뽀글뽀글 끓는다.

쑥갓 두 줄기에 붉은 고추
계란 톡
불 줄여 2분 더 끓인다.

우러난 버섯 향에
무지개 점심 차려지면
겨울에 꾸는 여름 꿈.

폭포

높고 급한 질주
떨어질 줄 아는 미덕
색깔 없이 화려하게
아찔한 곤두박질.

물만이 할 수 있는
찬란한 투신
햇살 등진 오후에
거둘 수 없는 무지개.

아름다운 구속

뭐 해? 어디야?
식사 후 쇼핑할까?
꽃 본 나비 시절.

행주치마 천 일 되니
이건 되고 저건 이렇게
매를 꿩으로 본다.

삶의 이유가 오고간다.
馬 귀에 염불하듯
혀를 빼물고
프라이팬 던지는 소리.

3부

울고 싶다

남 몰래
코 풀어가며 울고 싶었다.
마음 달랑 옮겨놓고
엉엉 울고 싶었다.

눈물 나는 영화 보러가서
실컷 울었다.
남 빙자하여
울고 오는 추석날의 후련함.

상처를 상처로 덮으며
아픔 흘러보내니
몸이 비워낸 땟국 한 사발
풍성하고 시원타.

뜨거운 茶

눈 마주친 숨 막힘
너무 뜨거운 포옹
혀가 그러하듯
또 하나의 호수가
놀라 멈칫거린다.

나란히 침묵하니
돌담 넘는 봄바람 향기
허벅지도 타고 넘는다.

손 내밀지 않아도
골짜기는 안다.
논배미 물 대는 쾌감을…

대장간 망치로
다듬어진 놋그릇
뜨겁게 껴안은 숨소리

프리지아 한 다발

두고두고 그립다.

춘분

누르스름한
잔디 마당
春雪 매화 등걸에
흰 옷 입히네.

하늘하늘
쉬폰 치맛자락
봄바람 안고
뺨 때리며 간다.

한눈 판 저문 저녁에
겨울보리 움튼 상처
동풍에 길어진 햇살
열무김치 보리밥 그립다.

白露

새하얀 이슬 맺혀
가을 맛보네.
모퉁이 돌아 늙은 코스모스떼
고개 떨군 채 흔들리네.

멈춘 발아래
노랗게 물든 잎사귀
새파란 기억 저편
화려한 색과 몸짓으로
아름다웠던 너.

도도한 듯 초라한 모습
아직도 안 오신
님 기다리나
이제 이슬과 정 나눈 국화가
저만치
자리 넘보고 있네.

생명

비탈길에 두 계절이 함께 있다.
텃밭을 포기할 것인가
눈이 그친 뒤에도
피우지 못한 생명들 두렵다.

햇볕 두꺼운 어느 날
단단히 마음먹고 갔다.
드문드문 눈 덮인 밭
저쪽에서 눈이 폴짝
초록 잎 하나 튀어 올랐다.

물기 품은 흙 쓰다듬어보니
초롱초롱 이파리 말간 얼굴 들이민다.
살았다.
혹독한 추위에 살아 숨 쉬고 있었다.
살고자 하면 살아진다.

내 안에 스며든 초록들이

긍정의 에너지 뿜어준다.

나이아가라폭포

역마살이 도져서
세상 멀리로 가 본다.
버팔로 지나 온타리아호수 그 마지막에
넓고 깊고 높은 나이아가라 앞에서.

잠시 머물고파도 밀어내고
밀지 않아도 편히 오던 길인데
기꺼이 뛰어내려
하나도 못 세는 찰나에 부서진다.

뱃전에 섰지만 너무 작다
쉼 없이 쏟아져 내리며
돌리며 생 요동을 치는 뱃머리
젖으러왔다가 빠졌다.

고난으로 깨진 물은
다시 St. 로렌스강으로

유유히 흐르고 흘러

대서양으로 간다.

부칠 수 없는 편지

빌딩 숲에 하얀 불빛이 빛나고
창밖에 모진 바람 분다.
세상이 찬 시루떡 같다.
소태맛 나는 인생살이
서러움 한켠에
바람의 빛깔 시소를 탄다.

추억의 흉터만
허름하게 남겨놓고
도도히 흘러가는 세월의 아량.

고독은 부패되어가고
코믹한 웃음 나부끼며
삶 앞에 무릎 꿇는다.

무제

용광로에서 고요를 낚아
마음으로 식히니
바람이 일러주는 말.
버려라…
채울 손바닥 성할 때
그러라 하네요.

아무 말 없어도
평화로운 것 아니오.
수없는 실패 번뇌 거쳐
잔잔해지려는 것이지.

나부끼는 까닭
묻지 말고
빛으로 다가선
밤의 등불.

성소피아성당

기독교와 이슬람

갈등 없이 공존하는 무대

박제되지 않은 역사

수천 년 삶이 녹아 꿈틀거린다.

동서양이 걸쳐진 매혹의 도시

섞여지는 것이 당연한 도시

오스만제국 2,200년 세상의 중심

터키 이스탄불!

비잔틴제국 황제 콘스탄티노스 11세

십자군 파병 제의 단호히 거절하고

시민과 품격 있는 멸망을 선택했다.

터키인들에겐 정복의 영광과

제국 후예의 자존심.

그리스 신앙의 중심,

정교의 총본산!, 꼭 찾아야 할 그리스人

그곳 성소피아성당.

지금은 박물관

어떤 종교의식도 허락되지 않는다.

신이 앉은 방향 달라도

실내에 나란히 자리 잡은 코란과 기독교 성화.

추구하는 신의 세상과 같은 지향점이다.

화해와 공존의 상징이며

다른 가치와 생각을 통합하면서

번성하는 역사적 교훈

기억해야 할 인류의 가치가 담긴

역사의 유산.

구름

알함브라궁전에 서 보라.

황금빛 담벼락이 네모진 저 너머에

감추어진 너의 역사

부럽고 서럽다

널브러진 옛터

눈 감고 흐르는 눈물

구름이 변덕을 부린다.

궁으로 오는 길 멀어도

골백번 변하는 네 모습

Dm7 기타에 모자이크하네.

너는 물 위를 날아오르는 새

슬며시 와 재빨리 사라졌다.

놓치고 서러운 산골처녀.

화려함 넘어 출중한 흔적

서러움에 삐걱거리는 관절의 극성

위로할 수 없어 가슴만 열어주네.

사라진 새 한 마리

푸드득 적막을 깨운다.

· Dm7(레파라도) : 기타 코드. 단조음(Sad)

아프다는데

후끈하고 습하다.
나그네 목소리

까닭 없이 핀
이유 따라 팔려간다.
꺾인 아픔
꽃 다르랴!

발목이 저려 섰다.
풀무 돌리듯
古稀가 아프다.
개미는 밟혀
나는 밟아서…

내 가는 길 묻지 마라.
조금 아프면
호강이다.

가을 밤

불볕 쏟아지던 여름
바람이 산들산들
저녁 산 어루만진다.

해 지고
달 솟으니
비에 젖는 바다.

오곡 거두는
햇볕 시달림 당하고
별빛 보석 줍는다.

어둠의 깊이 보다
높은 데서
빛나는 머룻잎 서리.

홍시

주렁주렁
시퍼렇던 연한 가지
돌담에 앉아
열 받아 익었네.
떫다.

지푸라기 깔고 덮고
침묵으로 연마된 혀가
이제야 달다 하네.

퍼 나누지도
다 보듬기도
모두 픽션이다.
홍시 하나
만한전석滿漢全席

오수부동 五獸不動

옆자리 친구 묻는 말에

답하지 않을 수 없어

소근거렸더니

마른 번개 담아서

말 없이 째려 본다.

나도 째려 봤다.

뭘 그러니 하는 눈빛으로…

야속한 마음.

공부시간에

아무도 몰래 벌어진

껄끄러운 5분.

· 오수부동 : 쥐 고양이 개 범 코끼리가 한 곳에 모이면 서로 두려워하고 꺼리어 움직이지 못한다는 뜻으로, 사회 조직이 서로 견제하는 여러 세력으로 이루어져 있음을 비유해 이르는 말.

구십춘광 九十春光

철 든 九拾春光
오십번을 더 보내고도
햇볕 난 아스팔트
지렁이 걷는 소리.

간 거, 보낸 거
누구랑 손뼉 쳤나
인생까지 솎아내고
소박한 소원 하나.

나는 은은한 오렌지블러썸
넌 도시적인 코스모폴리탄
미소 띤 얼굴
함께 적시고 싶다.

에워싼 눈빛 아무도 몰래
단추 구멍 하나 뚫어

어여차 어여라차

오아시스 찾아간다.

· 구십춘광 : 석 달 동안의 화창한 봄 날씨

연잎 하나

찢어진 목련
보라빛 추억 남기고
소리 없는 가위질
거리에서 초라하다.

봄 눈 맞으며
촉 내민 연잎 하나
시퍼런 창 처럼
서슬이 곧다.

눈물 닦지 않아도
세상은 그냥
흘러서 간다.

강아지

이삿짐 실은 트럭 떠나고
버려진 가구 옆
한 마리 강아지.

어제도 오늘도
힘 빠진 눈동자에
쫑긋한 귀.

사르락 사르락
눈 내리는 소리.
두리번 두리번
눈 큰 강아지.

손주와 걷는 바닷길

하귀 애월 바닷가. 멀리서 간간이 파도가 온다. 검은 뱀처럼 줄지어 물속에 잠긴 높고 낮은 돌길이 140미터다. 깊이는 알 수 없으나 혼자서도 아찔한 길. 7살 사내아이와 준비 없는 물길을 순간 건너가고 싶었다.

태고의 생김새로 살아가는 제주 돌은 매끄럽고 거칠었다. 바람은 무심한듯하나 파도를 자꾸 보낸다. 무모한 도전(?). 잠시 잊으며 백사장도 아닌 겨울바다 물속에 움직이는 두 점이 생겼다.

부서지는 파도, 흰 외투 입은 한라산, 검푸른 바다에 하얀 트리오! 두고 온 곳에서 며느리가 "돌아오세요~" 외치지만 소리일 뿐. 시작이 반이다. '에라!' 엎드려 맨손을 동원해 기었다. 15미터쯤 하필 낮은 돌들. 그러다 갑자기 얼굴을 강타하는 파도. 머플러가 시야를 자꾸 가리지만 앞세우기도 당기기도 하며 물에 빠진 인간 생쥐 둘이 섰다가 기다가 다시 간다.

"승준아, 파도가 자꾸 올 거야. 놀라지 말고, 넘어질 수 있어. 발이 빠져야 되고…"

"할머니, 몸까진 빠져도 가야해요. 얼굴만 잠기지 않으면요."

내 말 끝나기 전에 나온 말. 뒤돌아 볼 수 없는 둘이는 잘 넘어온 돌 위에서 미소 지으며 일체감을 느낀다. 놀랍고 대견스러운 순간들. 물외투를 입고 이동수단 네 개가 후들후들 떨리는 7학년. 소금기 억센 돌에 쩔은 손바닥.

기특한 어린 녀석 하이파이브 따갑고 손가락 V자 만들며 젖은 옷으로 뜨거운 조손의 포옹.

맛있는 거 보다 할머니와 나눈 체험의 기억으로 오늘을 간직하기 바란다.

돼지띠

미국 동부에서 벤쿠버 경유하는 비행기. 3등칸 27열 B석. 혼자다. 서너 시간 편히 지나고 좀 지칠 무렵 얼굴의 전부가 코만 보이는 듯한 남성이 옆자리에 앉는다. 알래스카 상공을 날 때쯤 잠시 부스럭거리더니 책 한 권을 보여준다. 자그마했지만 두꺼웠고 표지가 한글이었다. 몇 장 넘기던 코 큰 아저씨가 내게 걸어온 첫마디는 불어였다. 나는 영어만 아주 조금 안다고 했다. 그렇게 시작하여 온 서울을 애기하고 page 따라 지역을 설명하기는 그리 힘들지 않았다. 결국 북촌 거리까지 시간 가는 줄 모르고 흘러갔다. 10달러를 만 원과 바꾸기도 하며(그 시절 환율은 1달러 당 900원 시절이었다.) 즐거운 시간을 보냈다. 북촌에는 택시 타고 갈 거란다.

살짝 고민하다 결국 물었다. 쭈글쭈글한 큰 코의 나이가 궁금했다. "Excuse me. How old are you?" 다행인지 불행인지 동갑에다 9월생이다. 내게 여권도 보여줬다. 얼른 이름을 훔쳤다. Belt 아닌 한국식으로 돼지띠라며 'Pig'라고 쓰다가 지우면서 돼지코를 그려서 내민다. 웃지 않을 수 없었고 순식간에 친구가 될 수 있었다.

첫 만남은 그렇게 헤어지고 E-mail을 나누게 되었다. 아쉬운 허그의 추억을 남긴지 1년 반이 지나 Photograph 작업상 한국

의 가을과 연천군 전곡으로 구석기시대 직립인간 유적기념관
을 방문한단다. 정작 한국 살고 있는 나도 잘 모르는 곳에 별
걸 다 알려는 게 신기했다. 짧은 영어 가지고 얼김에 관광까지
나섰다. 운전은 필수였고 맛집까지…

　　그 후 수년에 걸쳐 청계천, 민속촌, 여의도 샛강, 생태공원
5.5km 숲길, 물길, 둔치. 여의도에서 신길역 가는 윗길을 사진
작가의 손끝에서 꾸민다. 항상 동행은 하지만 혼자 일대를 걸
어다녀 달라고 부탁한다. 가족과 함께 왔을 때는 둘째 아들 찰
리의 부탁이다. 싸이의 '강남스타일'을 알려달란다. 한글 가
사로 함께 부르고 황홀한 포옹도 받았다. 덕분에 캐나다 몬트
리올 방문 요청을 받았고 2년 정도 후에 갈 수 있었다.

몬트리올까지

이른 아침 미국 서부 산호세에서 중부 댈러스 거처 캐나다 몬트리올까지 가는 길은 시차가 있어 힘들었다. 도착했을 때는 밤이었다.

얼음이 날아다니는 느낌의 도시. 그는 오랜만에 만나도 얼른 알아보고 거침없이 포옹부터 한다. 키가 크지 않아 낯설거나 불편하진 않았다. 눈 덮인 집 주위는 밤이지만 눈빛으로 환했다.

그는 눈 사이를 뚫고 4층 건물의 2층으로 나를 안내했다. 벽은 요트들이 정박한 항구의 가지런한 모습과 흰구름 뭉게뭉게 파란 하늘 천정이 잘 어울린다. 작은 방에 커피포트와 와인이 있었고 푹신한 무릎담요를 갖춘 방은 넓고 따뜻했다. 사진작가의 눈썰미가 맵시 있게 잘 꾸며진 방으로 공중에서 떨어져 내린 느낌이다. 어리벙벙하다.

정신을 차리기 위해 잠시 그냥 있었다. 육하원칙이 떠오르며 감성적 거리의 원근을 헤아리고 있었다. 그저 이곳저곳 여기저기를 묻고 물어 하루를 꼬박 걸려 너무 멀리 왔다. '국제 미아가 되지 않은 것만도 다행이다.' 내심 만족하며…

찰리의 관심은 비빔밥이었고 아버지 Gilles는 깍두기, 김치를 원했다. 부인이 먹고 싶어 하는 잡채를 준비하기 위해서 눈

길 두 시간의 한국마켓에서 쌀과 새우젓까지 사왔다. 소박하지만 미리 약속된 메뉴로 내가 가져간 그들의 선물이다.

일주일을 머물면서 내겐 자기네 식 아침 주고 자기들은 깍두기랑 밥 먹는 거 보니 재미있다. 내 엄청 큰 접시에 아스파라거스와 익힌 가지 놓고 아침을 다 보낸다. 이들 식사시간 길다고 듣기는 했지만 몽 로얄 관광 가자 해놓고 식탁에서 일어나지 않는다.

카네이션 장미

스포츠센터에서 나의 저녁운동이 끝나는 9시 30분경. 수요일만 퇴근하는 친구는 전철 내려 마을버스를 타야 한다. 늦은 밤 내려 또 걸어야 하니 내가 데리러 가는 거야.

한 주에 한 번 일찍 나와 밤길에 지친 친구를 태워주자. 친구 만나 반갑고 이야기 나눠 더 좋다. 우리만이 나눌 이야기도 많으니…

나는 제의했고 반신반의하다가 Car poor 약속을 했다. 역사 근처에서 5분정도 기다렸다. 4주 지난 5월 5일 밤. 봄비 하루종일 내리다말다 바람 심술부리는 그곳에 친구는 어김없이 있었다.

가방 말고 무엇을 들고 있다고 느꼈지만 비 때문에 유리문을 열 수 없었다. 얼른 올라 탄 그의 가슴에 장미꽃이 가득했다.

"카네이션 대신 장미 샀어. 내일 어버이날 집에 올 아들들 없을 테니 이 꽃 보고 씩씩하게 지내."라며 내게 안겨준다. 봄비로는 너무 굵었던 신록 사이 비바람.

다음 날 아침. 햇살 눈부신 창가에 장미다발이 친구 얼굴처럼 환하게 피어 있다. 탐스러운 꽃봉오리 보며 콤팩트 두드리는 내 손끝이 떨린다. 코끝이 향기에 황홀하다.

이 흐뭇함을 전화로 전할까? 만나자 할까? 생각하는 순간 더없이 행복한 아침.

젊은 버킷리스트

보리죽을 떠먹지도 못하고 마시며 자란 어린 아가씨. 그녀는 피난민 부산스러운 부산에서 여고시절을 보냈다. 언제일지 모르는 훗날 '꼭 하고 싶은 일'이 있었다.

나이 사십이 넘어도 좀체 꿈이랍시고 내놓을 기회가 없었다. 그러다 1988년 올림픽구호 '꿈은 이루어진다.'가 내 마음을 더욱 부채질했다.

학창 시절 현실은 어두운 가난 그 자체였지만 세계사 시간은 환상이었다. 파리의 세느강 미라보다리에 서서 시낭송을 하고 싶었고 몽마르트 언덕에 오르면 막연히 시가 줄줄 나올 것 같았다.

그 마음은 지나고 보니 단순한 호기심이 아니라 처절한 바램이었다. 알함브라궁전은 도대체 어떤 곳이기에 기타 선율이 저리도 고운가 싶어 40에 배우기 시작한 기타.

그러나 유럽은 쉽지 않았다. 동행 없이 Solo로 가려니 더욱 어려웠다. 1994년 1월 큰아들 유학, 둘째 군대, 엄마 별세. 한 달도 안 된 시간에 많은 이별을 했고 남편이 시간을 내줬다.

이렇게 생애 최고의 슬픔을 딛고 나선 길은 미라보다리의 소원을 풀게 되었다.

Le Pont Mirabeau미라보다리

기욤 아폴리네르

미라보다리 아래 세느강이 흐르고
사랑도 흘러간다.
그러나 괴로움에 이어서 오는 기쁨을
나는 또한 기억하고 있나니
밤이여 오라 종이여 울려라
세월은 흐르고 나는 여기 머문다.

손에 손을 잡고서 얼굴을 마주보자.
마주잡은 팔 아래로
영혼을 바라보기에도 지친
강물이 흘러가더라도
밤이여 오라 종이여 울려라
세월은 흐르고 나는 여기 머문다.

사랑은 이 강물이 흐르는 것처럼 지나가고

세월도 떠나가네.
삶이 느린 것처럼
희망이 격렬한 것처럼
밤이여 오라 종이여 울려라
세월은 흐르고 나는 여기 머문다.

시간이 흐르고 세월이 지나도
가버린 시간도
떠난 사랑도 돌아오지 않고
미라보다리 아래 세느강만 흐르네.
밤이여 오라 종이여 울려라
세월은 흐르고 나는 여기 머문다.

시간을 사(買)면서

과거로 가는 티켓을 샀다. 차량 808호는 은하가 아닌 동굴행이란다. 골프는 잘 친 것만 기억하는 내가 인생은 무엇을…

어두워지면서 3년 전에 이두박근이 끊어져 2년여 동안 오른손만 사용하며 지냈는데 응가하고 닦을 수 있어 참 행복했었네!

내 생일, X-Mas, 연말, 신정 통틀어서 12월 마지막 일요일이다. 며느리 들이고 줄인 의식이 20년 전이네. 점점 멀리 가며 춥기까지 해진다.

얼음눈이 내리는 1994년 연말 일주일간 눈이 오는데, 녹지 않고 쌓이기만 해서 새해 신학기가 되어도 학교를 갈 수 없다. 문을 열 수도 없었다. 라면 3개, 쌀 조금, 미역 1봉지로 우리 母子는 일주일을 연명했다.

큰아들 대학원 유학 1년 때쯤 어찌 사는지 궁금해 처음 가본 반지하 방은 정말 추웠다. 펜실베니아주 베들레헴 샴페인 지역인데 '어휴, 미국은 좋기도 하고 힘도 드네.' 다시 돌아보니 지천명인데 지난 것은 지난대로 보는 고통이 겪는 아침을 능가하는지라 '티켓 물러달라지 않을 테니 차라리 익숙한 현실로 어서 가자.' 했다.

일상의 삶에서 숙성시켜 온 꿈의 시편들

박현태

『미완의 서정』을 시작으로 『꿈 깨어 꿈꾸기』 『영혼의 겨울일기』
『문득 뒤돌아보다』 등 19권의 시집과 시선집 『세상의 모든 저녁』을 상재했다.
군포문협, 군포예총 회장 등 역임. 한국시인협회 심의위원.
2014, 16년 세종도서 선정.

일상의 삶에서 숙성시켜 온 꿈의 시편들

박현태

월파 김영희의 첫 시집 원고를 읽어보면서 '나이 든 청춘'이라는 생각이 들었다. 숱한 세월을 살아오면서 겪어온 경험들이 시라는 이름으로 파릇파릇 되살아남을 여실히 보여 줌을 알게 한다.

시를 쓰고 시집을 내려 한다면 먼저 자신의 진정성을 보여 줄 각오가 있어야 한다. 그것은 시에 있어서 마땅히 경계해야 할 들뜸을 걷어내야 하는 일차적 결심이다.

또한, 자신만의 고유성을 머뭇거림이 없이 토해 낼 수 있는 용단이 필요하다. 남이 하니까 흉내나 내보는 형식으로는 아무에게도 공감을 얻어 낼 수도, 감동을 요구하기도, 생각을 하게 할 수도 없다.

꿈에도
염손에도
지르지 못해
마음으로 하는 말

슬픔조차

아름답게 남긴

속살

여기 조금

…

시인은 위 화두로 시집의 「서문」을 매기고 있다. 명료한 시적 은유를 보여주는 맛깔남을 엿보게 하고 있다. 서두로 부터 월파의 시적 시선이 어떠하리라는 짐작을 능히 어림잡아 주기도 한다.

그는 일상에서도 그렇듯 시에 있어서도 머뭇거리거나 에둘러 표현하지 않고 직설적 소회를 서슴없이 여과 없이 보여주는 특성을 갖고 있다.

밤낮으로 자라

울타리 넘은

줄장미처럼

궁금한 세상.

꽃도 넘는데

키 작고 못난

나는 더

담 넘고 싶다.

소주 한 잔에
시계 돌려놓고
달력 몇 장 넘기며
예전의 나로 가려 한다.

진흙밭 발자국
고인 빗물 속의
파란 하늘도
어디론가 흘러간다.
　　　　　　　　－「나의 줄장미」 전문

　위 시에서 화자는 「줄장미」라는 제목을 달아서 자신의 일상
적 삶에서 감내하고 있는 욕구를 비유시켜 소박하면서도 잔잔
한 표현으로 삶에 대한 기대와 꿈을 또는, 어쩔 수없이 순응해
야 하는 생태적 회의와 적응을 보여주려 한다.
　우리가 그 시인의 시를 읽을 때 그 시가 노리고 있는 속뜻 곧
은유에 대해서 보다 큰 얼음이 있어야 한다. 그것이 독자로 하
여금 생각하게 하고 감동이게 하는 것이다.

　　　주름진 얼굴 여드름이 돋기에
　　　발버둥 쳐 한 수 물렀더니
　　　이(齒)가 시끄럽다.

잦은 봄비에 찢어진 날개

물고 있는 맨드라미가 소태맛이다.

앉았다 섰다 같이 울었다.

저고리 깃 세우며

가을 인사하려는데

먼저 손 내민 겨울

자기가 동행이란다.

연산홍 꽃잎

철모르고 달아오르고

한심한 녀석

밑바닥 떨어지는 소리.

눈 뒤집어쓴 나무가

버둥거리고 있다.

— 「허무」 전문

  사람의 삶을 우리는 인생이라 한다. 인생이란 여타 다른 생명들의 살이와는 다르다. 시가 그렇다. 사람만이 시를 쓰고 시로 하여금 감정을 표현케 하고 희로애락을 담아내는 감성을 구현할 수 있는 고유성을 가지고 있다.

  살다 보면 '허무'를 경험하지 않는 삶이 있을까! 그러나 허무라고 다 같은 건 아닐 것이다. 여기서 월파의 허무는 무엇일

까. 세월이 가고 얼굴에 주름이 지고 매사에 힘겨워지고 하는 순리적 나이 먹음에 느끼는 허무함이 아니라는 것을 표현하고자 하는 그의 시적 의도를 능히 느끼게 하는 절구의 능력을 보여주기도 한다.

월파는 경남 합천이 고향인 사람이다. 심심한 산골에서 태어난 그녀가 부산 서울 등 대 도시의 삶을 이어오면서 전전한 경험은 그야말로 남들은 모를 자기만의 고유함이 있을 것이다.

더구나 월파는 사업가로서의 여성이 만나야 했던 시련이든 성취든 남달리 또 다른 소회가 있을 것이다. 이러함을 솔직하도록 진정성을 담아내는 것이 그의 시적 태도가 되어야 하리라 여겨진다.

경인선 타고
제물포 가던 날
부평 백마장 들판
얼어붙은 논바닥
휘날리는 만국기.

(…중략…)

어찌어찌 물어
노고산동에 내린다.

어둠 깔리는 거리에
엄마 얼굴 떠올리며
오빠 집에 놀러 온
중3 겨울방학.
─「16살」부분

산다는 것이 버거운 날
처진 어깨
눈물의 메아리가
마음에 굴러다니네.

(…중략…)

타고 남은 재라도 거두어
비 오는 하늘 날 수 있는
이별연습하곤 한다.
─「미움 1」부분

　이런 싯귀에서 보듯이 시인의 감성에 잠재되어 있는 시상
들이 서슴없이 과거로의 회향을 시도하여 가볍고 솔직히 건져
져 나옴으로 해서 읽는 이로 하여금 다정하게 또는 농밀하게
다가오기도 한다.

푸른 바다는 어디에 사는지

새는 비 오는 날에도 나는지

　　　　　　　　―「미움 2」 부분

혼신으로 살던 삶

노을이 아름다워 주춤주춤.

자꾸만 헛딛는 발길.

　　　　　　　　―「노을」 부분

상처를 상처로 덮으며

아픔 흘려보내니

몸이 비워낸 땟국 한 사발

풍성하고 시원타.

　　　　　　　　―「울고 싶다」 부분

　위 시들에서 그녀가 보여주는 절창들은 시가 마땅히 가져야
하는 이미지의 중요성을 소화하고 있음을 읽는 이들로 납득케
하고 공감케 하고 있다. 이와 같이 월파 김영희의 이번 시집에
서 마음이 머무는 몇 편들을 골라 읽으면서 받아 느낀 소회를
적어면서 첫 시집의 상재를 축하하는 바이다.

　바라건대 이제 시작이니 만큼 허명에 유혹 당하거나 진정성
들뜸이 없이 거듭 자신과 독자들에게 더 좋은 시로서 다 하겠
다는 심중을 다지기 바라며 끝으로 그의 시 한 편 소개하면서

두서없는 글을 마무리한다.

해진 상처는
검은 밤에도
하얀 시를 쓴다.

여름이 놀다 간
초록자리에
가을도 모자라
흰 얼룩 남기고.

넋 놓고 바라본
손 잡아줄 네가
강의 끝처럼 멀구나.

바닥이 타버릴
떨리는 침묵에서
건져야 할 불씨.

오늘은
하늘이 야구공처럼 보일
멋진 저녁으로 충전한다.
　　　　　　－「늙은 희망」 전문

하나의 손으로 살았다면
아직 여기 설 수 없었으리라.
남편이란 한 손이 더 있어
늦은 내 꿈을 펼쳐본다.

엉킨 풀뿌리
풀며 어루만지며 50년 세월
풍경소리 고즈넉한 법당에서
세상이 일러주는 소리 듣는다.

가슴이 울려주는
비비고 싶은 이야기들 모아
아침 밥숟가락 뜨듯
소중한 눈맞춤으로
당신을 봅니다.

그대 자리 비워둔 곳

ⓒ2019 김영희

초판인쇄 _ 2019년 5월 17일

초판발행 _ 2019년 5월 23일

지은이 _ 김영희

발행인 _ 홍순창

발행처 _ 토담미디어

서울 종로구 돈화문로94, 302호(와룡동, 동원빌딩)

전화 02-2271-3335

팩스 0505-365-7845

출판등록 제2-3835호(2003년 8월 23일)

홈페이지 www.todammedia.com

사진 _ 김영희

ISBN 979-11-6249-060-0